言の葉の届け方

兒玉 優
KODAMA Yu

文芸社

目次

言の葉の届け方

価値ある理由

「行ってらっしゃい」

社会人になってから言われなくなった言葉を配達のたびに届けてくれる彼女。言葉の意味を分かっているのだろうか。

ただ、上手く返事のできない自分は曖昧な音を出してその場を離れるしかなかった。


停めていた車に鍵を挿し、エンジンをかける。

揺れた車に少し驚いたのは、まだ意味を探していたからだろうか。

対向車のヘッドライトの明かりが仕事の終わりを気付かせてくれる。

冴えきった空に映る月が労いの表情を浮かべているようだ。

少し窓を開け、軽く息を吐き、優しくアクセルを踏んだ。

夜の道路を走るのは嫌いじゃない。

静かな暗さにほどよい光が居心地の良さを与えてくれる。

他人に邪魔されない一人の時間を満喫しながら、前の光に続いた。

「お疲れ〜、一服しようぜ」

一人の時間は瞬きの間に終わりを告げた。職場に戻った自分を見つけた先輩が、缶コーヒーを振りながら近づいてきた。悪い顔をしている。

「お疲れ様です。もう終わったんですか？」

「おう。そんなことよりどうだった、例の子。今日も配達あったんだろ？」

冬なのに冷たいコーヒーしか飲まない先輩は、おごってくれるコーヒーも温かくはない。

「やっぱりその話ですか。また変なこと言われましたよ」

「まじで？　変わった子だな。それかお前に気があるのかもな！」

「前者ですよ。見た目はそんな感じではないんですけどね」

喫煙所とは名ばかりの端に追いやられたこの場所には、灰皿の役割を担っている金属の缶が二つ置いてある。

あまり人が立ち寄らないので、非喫煙者の自分も嫌いな場所ではない。

「ふーん、可愛いんだ」

「ちょ、そんなんじゃないですよ！」

「お前、分かりやすいな」

「違いますって！」

大笑いしながらおちょくるだけおちょくって、自分が満足したらすぐに帰っていく。

自由な人だなとあきれるが、職場で話しかけてくれるのはこの人だけだ。

気にする必要はないが、一応お疲れ様でしたと頭を下げておく。

予定のない明日に不安を抱かなくなった最近は、休みの日の時間の潰し方を考えている。

特にやりたいこともなく、考えるという言葉にはもったいないほどの時間が流れていた。

そんな時間を携帯の振動が終わらせてくれた。

〈飲みに行こうぜ～〉

唯一と言っていいほどの友人からのメッセージ。

この人は本当にタイミングがいい。

断る理由なんて持っているわけもなく、二つ返事で帰りの準備に取りかかった。


「お待たせ」

カウンター越しに店員さんと会話をしている友人に放った言葉は、居酒屋という空間には足りない音量だった。

週末で混んでいるからか、誰もこちらに気が付かない。

自分の立ち位置が分からなくなり、一度トイレに駆け込んだ。

人と会うことはこんなにも難しかっただろうか。鏡越しの自分を見てあきれる。

さすがにこれは違うと息を吐き、一応手を洗い、友人のところへと向かった。

今度は隣のサラリーマンと会話をしている。

この人のコミュニケーション能力は桁違いだ。

「おう、お疲れ」

突っ立っていた自分に気付いてくれた友人は、隣の席に誘導してくれた。

「相変わらずだな。見かけたならこっちに来ればよかったのに」

小学校から一緒の彼には全てが見透かされている。

「それができたら苦労しないよ」

「そんなもんかぁ？」

クラスの中心にいた彼には分からない悩みだろう。それでも卒業してからも唯一連絡を取っている同級生は大事にしたい。

「どうした？　また難しいことでも考えているのか？」

「難しいというか、よく分からないお客さんがいてね」

「お、聞かせてよ」

会話を続けながら店員さんにビールの注文をしてくれる。

こういうところなんだろうな。

「何を考えているのか分からない人がいてね、配達のたびに的外れなことを言ってくるんだ。何か試されているみたいで、でも上手く返せなくて」

「ふーん、女の子？」

会話を遮らずにグラスを合わせられる関係はありがたい。

「うん、同世代くらいの女性」

「いいじゃん、飲みに行って来いよ」

なぜか自分のことのように喜ぶ友人は一気にグラスを空けている。

「いやだよ！　なんで事あるごとにお酒なんだよ」

「誘うこと自体は嫌じゃないんだ」

酔っぱらいは大抵、たちが悪くなる。

「うっ、いや、まぁ、でも」

「悪い、ちょっと意地悪だったな。でも、なんでそんなに女の子と飲みに行くことを嫌がるんだよ」

「別に女性だからってわけじゃないんだけど、お酒が入ると気持ちがフワッとなるじゃん？　それで気が付かないうちに余計なこととか話しちゃいそうでさ」

まだ何も始まっていないのに勝手に自分の中で終わらせてしまう。

古傷の一つでもあればちゃんと強がっていられたのだろうか。

「いや、それがいいんじゃん！　そのための時間じゃん！」

仮面など必要のない勇者は真っすぐに進んでくる。

「まぁ、カッコつけてるんだろうね」

「うーん、たしかに自分を律することは大切だろうけど、それだけじゃ何を考えているのか分からないし、せっかく人として生まれたんだから言葉にして伝えてみてもいいかもな。それで上手くいかなかったら、その時はまたこうやって酒のつまみにでもすればいいんだよ」

「うん、そうだね、そうだよね」

「お、今日はえらく素直だな」

自分でもそう思う。どこか疲れているのかもしれない。

それでも素直になれるのは彼の前だからだろう。

「では、そんな悩める素直くんにお酒での極意を、悪酔いして恥をかかないように済む方法を教えてあげよう」

「なんで失敗する前提の話なんだよ！」

「はっは！　まぁ色々ある人生、せっかくなら楽しみましょうよ」

「そうだな、久しぶりにこんなに笑ったよ」

いつもより大きな声を、座りながら揺れている身体が自覚する。

「なんだよ、そんなに忙しいのか？」

「そういうわけじゃないんだけど、最近ただ同じ時間だけを続けているなーって。意味のない時間が過ぎていくなーって。考えているのか、考えているふりをしているのか。不安を感じていてない時間をただ持て余しているなーって」

少し酔いが回ってきたようだ。感情がそのまま口を出る。

「やっぱり難しいこと考えてたじゃんか！」

真っすぐに見て来た目には嘘が通じないみたいだ。

「でもまぁ、生きる意味はなくてもいいんじゃない？　死ねない理由があればいいんじゃない？　それだけで充分だろ。望んで生まれたわけではないからそこに理由はいらないけど、望まれて生まれたんだからそこには価値があるよ。生むことを望んだのは親なんだから。あとはその価値に色を付けて、笑っていればいいんだよ」

自分たちは本当に同じ学校で同じ授業を受けていたのだろうか。こんなにも思考の偏差値に差があるものか。

長く話をしていたせいか氷の溶けたお酒から何かが溢れそうで、一気に飲み干してみたけれどあまり味はしなかった。


終電間際の電車に揺れながらドア横のスペースに立って外を眺めている。車から見る景色とは違い、動いている中で無をくれる時間が流れていた。

解散した理由は明日出勤しなければいけなくなったからだ。

特に予定はなかったので不満はないが、断る勇気のない自分にはあきれている。

特別お酒は弱くないが、飲んだ次の日はゆっくり起きたかった。

そういえば長らく病院にも行っていない。

最近は体調に問題はないが、親に余計な心配はかけたくない。今度暇な時にでも行けばいいか。

せめてもの対策としてコンビニに寄り、水と栄養ドリンクを買った。

それでも悪あがきは悪あがきでしかなく、迎えた朝に抗うには身体が重すぎた。

「おはよーう？　お、二日酔いか？」

「おはようございます。頭痛がやばいです」

「はっは、お前でも酒に浸りたくなる時があるんだな」

攻撃性のない笑い声が、アルコールを分解しきれてない脳内に響き渡る。

「休日出勤ですよ！　本当は休みだったのに」

「まぁそんな怒るなよ。今日も例の子の荷物出てたぞ」

持っているペットボトルで荷物を示している。

「またですか。というか先輩の方が気になってるじゃないですか。先輩が行きますか？」

「行きたかったけどな～、今日は午後から予定があるからな～」

「そのせいで出勤になりましたけどね！」

これ以上の会話は頭痛を悪化しかねない。

もらった水を喉に流し込み、車のエンジンをかけた。

仕事内容自体は特別難しくない。

記載の住所に荷物を届けることと、逆に荷物を預かることだ。

どこかのサイトがセールでもしない限り忙しくはない。

問題はいろんな人間と対面しなければいけないことだ。

変わった人や理不尽に怒られることもたびたびあり、そこに神経を張り巡らしていては身体が持たない。

それでも今日の配達は癖の強い人が多そうだ。

ピンポーン。

「こんにちは、郵便局です」

「はぁい、恵美子です」

「こんにちは。今日も荷物が届いてますよ」

「いつもありがとうね。あら、今日は顔色が良くないわね。大丈夫？」

「大丈夫ですよ。お名前お間違いなければ印鑑かサインいただいてもいいですか？」

「それならよかったわ。そうだ、何か欲しいものはある？」

これだ。この人は事あるごとに何かを与えたがる。

高齢者は人に何かをあげる決まりでもあるのか？

ありがたいことではあるのだが、まずはこちらの話を聞いてほしい。

「印鑑だけいただければ大丈夫ですよ」

「そう。それじゃまたお願いね」

「はい、失礼します」

今日は長く捕まらずに済んでよかった。

以前お茶をいただいた時には急須から入れ出し、長らく拘束されたことがあった。

同じマンションに同時に配達することもあり、一方を待たせすぎて怒られたこともある。

今日は暇な日だったのでもう少し話してもよかったが、その時の記憶が蘇り早々に済ませてしまった。

「こんにちは。郵便局です」

「あ、こんにちは。休日なのにお仕事お疲れ様です！」

同じマンションに住む例の女性はいつも元気で、室内にいるはずなのに光を纏ったような明るさは今の自分には少し鬱陶しくも思えた。

「こんにちは。お名前お間違いないですか？」

「あ、それ待ってたやつだ！　ちょうど仕事の資料作りで必要だったの。グッドタイミングだね！」

この人は会話をしてくれないのだろうか。

「お名前、間違いないですか？」

「この前も来たのに覚えてないんですかー。それより私の職業、なんだと思います？」

急に始まった合コンのような会話の相手はしてられない。

「こちらの話、聞いてもらってもいいですか」

「うわ、怒った。こわーい」

「別に怒ってはないですよ。飯干まいこさん、お間違いないですか？」

「お、やっと名前呼んでくれたね。はい、間違いありません」

またた。癖の強い人との会話はペースを乱される。

「それではご褒美に私の職業を発表してあげます。ドゥルルルル、ドゥン！　教師です！」

ふっ。だめだ。ツッコミどころが多すぎて耐えられない。

「あ、笑ったなー」

「すみません、想像していた職業とかけ離れていたので」

「なにをー、これでも生徒から人気者なんだぞ！」

腰に手を当てて頬を膨らましている。怒っていることを表現しているのだろうか。

「それは想像つきます。なんか精神年齢が近そうなので」

「うわ、バカにしたなー。もういい、また明日反省して来てください」

上手かどうかは分からないが、素直に感情を表現できることに少し眩しさを感じた。

「明日も荷物頼んだんですか？」

「うん、嫌なの？」

この人も真っすぐに目を見てくる。

「嫌ではないですけど」

「それならまた明日って言ってください」

「配達員はあまり言わないと思いますけど」

「いいの、私が聞きたいの。言の葉の力って知らないの？　何が起こるか分からない世の中で、特にあなたは運転もして危ないでしょ？　だから次また会う時までは明るい日でいてねって意味で私は使うの。だから、はい！　言って！」

彼女の言葉には希望が垣間見える。職業柄なのだろうか。

ただ、明日また会えることに当たり前の保証をくれるこの言葉は嫌いじゃないみたいだ。

エントランスから出た瞬間、太陽の日差しを浴びた。

長く室内にいたからか少し肌寒さを感じていたからか、その光の暖かさが気持ちよかった。

いつの間にか、二日酔いもおさまっていた。


心理学を専攻していたのだろうか。

教師という職に就いているので、言葉に精通していてもおかしくはない。

今日も一日の配達をほとんど終え、夜の風に身を任せている。

早く終わった日や指定の時間まで待っている時は公園でコーヒーを飲んで時間を潰す。

毎日走り回って見つけた自分だけの隠れスポットだ。

山の上にあるこの場所は周辺にコンビニや駐車場はなく、夜になると極端に人の気配がなくなる。

滑り台のような土管と木製のベンチがあるだけのこの場所で、今日も彼女について考えさせられていた。

的外れな言葉で困惑させてくるその姿に悪意は感じない。

からかっているのか、面白がっているのか。なんにせよ自分の思考に居座っている彼女は笑みを浮かべている。

グリィーン！　グリィーン！

携帯のアラームが鳴り、土管から身を乗りだす。

あと一件、最終の時間指定の荷物が残っている。

背伸びをし、気持ちのスイッチを仕事モードに入れなおした。

ピンポーン。

「こんばんは、郵便局です」

「こんばんは！　遅い時間にすみませんね」

扉の前には、今日も元気が開いている。

「いえいえ、それにしても最近よく頼みますね」

「なに～、配達員が文句ですか。クレーム入れちゃおうかなー」

「いや、文句とかではなくて」

思考が読み取れない。会話を間違えたのだろうか。

「あー！」

向けられた大声のおかげで、巡りくる後悔が遮られた。

「これ前にも頼んだやつだ」

少し悩んだ彼女は、そのまま自分に渡してきた。

「受け取り拒絶ですか？」

配達をしていればこういう場面には時折遭遇する。

プリンターに手を伸ばし、紙を少し出す。

「それなら印鑑かサインを頂きたいのですが」

出した紙にその旨を書き込んだ。

しかし彼女はとぼけた顔をしてこちらを見ている。話を聞いていないのか。

「ううん、違うよ。これ、あげる」

「えっ？」

話を聞いていなかったのは自分の方だった。

それにしても彼女との会話は思考が追い付かない。

「私、もうすぐ誕生日なの！　だからはい、プレゼント！」

「いやいや、貰えませんよ！　それに誕生日なら貰う側でしょ」

「うん。だから貰いたいんだ、君の声。これ、ワイヤレスイヤホンなの。よく片耳つけて会話してる人いるじゃん？　私も最近は家での仕事が多くてよく友達とかとおしゃべりするんだー」

「うん、え？」

「だから！　暇な時とか、仕事の合間とかに声を聴かせてよ。得意でしょ、何かを届けるの！」

二つ、勘違いをしていた。

悩んで渡してきた顔は演技だったこと。

そして思考が追い付かないのではなく、そもそもの考え方が違う人だったこと。

サインを貰った荷物を自分が持って帰ることは初めてだった。

扉の前から手を振る彼女は、いつにもまして明るい笑顔で溢れていた。

知らなかったこと、気付けたこと

大人になってから気付くことがある。

自動販売機で買う水の価値。一服する際の必需品。守れない約束の存在。

最近だと自分の利き耳は左側だということ。右利きの自分は勝手に右側だと思っていた。

そもそも利き耳なんて意識したことすらなかった。

「お、ワイヤレスイヤホンじゃん。お前も買ったのか。怒られないように上手く使えよ」

煙草に火をつけながら歩く先輩はいつも缶コーヒーを持っている。

「先輩は仕事中にもイヤホンするんですか？」

「たまにかな。急に嫁から連絡が来た時とか。もちろん安全第一だから、必要な音とか声がきこえるように設定してるけどな」

奥さんの話をする時はいつも頰が上がっている。

「そうなんですね、自分もそうします」

「おう、何なら俺が仕事中ずっと電話してやろうか？」

「あ、大丈夫です。相手には困ってないので」

不満そうな先輩の副流煙を回避し、今日も車に乗り込む。

いつもより緊張しているのは仕事中に使うことへの負い目か、それとも配達証に記載されている番号に電話をかけることへの後ろめたさか。

前者は先輩もやっているからと、後者は彼女が指示してきたことだからと、他人を言い訳にした罪悪感への着地点が鼓動を速める。片耳を塞がれた環境ではハザードランプの音が大きく聞こえる。そういえば何を話せばいいのだろう。自分には友人のようなコミュニケーション能力はもちろん、面白い話をすることもできない。自分からかけておきながら出ないでくれと願っていた。

「もしもし、飯干です」

「あ、郵便局です」

「郵便局。あ、いつものお兄さん？」

「はい、そうです。すみません」

「なんで謝るんですか。電話、ありがとうございます。待ってましたよ」

「いや、こちらこそありがとうございます。あ、イヤホンいい感じです」

「ほんとに？　よかったー！」

イヤホン越しで聞く声はいつもより小さかったが自分の鼓動にはちょうど良く、久しぶりに上がった口角を尻目にハザードランプを押した。


取るに足らないというのは、こういうことを言うのだろうか。

それからというもの、お互いのタイミングが合えば電話を繋いでいる。

特別な話をするでもなく、彼女の日常に相槌を打つのが主な内容だ。

最近は夜の便の時間帯に連絡を取ることが多い。

在宅といえど生活リズムを崩さずに働いているのだろうか。

今日も携帯に連絡が入ったのは配達が終わりかけた頃だった。

「こんばんは」

「こんばんは。元気ないですね、お疲れですか？」

「お、そういう変化にも気付けるようになったんだ！」

自分でも驚いている。

他人に興味を持たないような人間だと自覚している。

「成長期かもね」

「おー、それなら校外学習が必要だね。うん、決定」

「決定……何が？」

「次の休みにお出かけしよ！　どれくらい成長したのか先生が確かめてあげるよ」

「もう成長期は終わっているので欠席させてもらいます」

「反抗期だ！　ダメです、先生許しません。プレゼントのお返しに買い物、付き合ってください」


断る理由が見つからない。休みの日に予定なんて入っていない。

仕方なく了承した帰り道は、上下に飛んでいる音を左側に添えながら、いつもより少なく感じるテールランプを追い越していた。


大勢が行き交う駅前で、またも立ち位置を見失っている。

休日に外出をしないため、人の多さに驚いている。

これだけの人たちは普段どこに隠れているのだろう。

棚に上げた文句は置き去りにし、待ち合わせ場所へと向かった。

在宅での仕事が増えたから家でのＱＯＬを上げる買い物をしたいとのこと。

集合時間より早く来たのは楽しみにしていたからではない。

誰に何を言われたわけではないが、言い訳を考えていた。

無駄な思考はすぐに捨て、キャメル色のコートという先日もらったヒントを頼りに色を探した。

見渡す世界には同じような形が多く、そもそもキャメルを知らない自分には無理難題だった。

難問の正解を求め開いた携帯が、キャメルとはラクダの毛の色だと教えてくれた。

「フフッ簡単だ。この中からラクダを探せばいいのか」

難易度の下がった問いに口元が緩んだ。

「じゃーん、お待たせ！」

強気になったのも束の間、カンニングで得た情報は日の目を浴びる前にかき消された。

人生初のラクダ探しを始めようと上げた視線の先にはもう、彼女がいた。

目の前のラクダは満面の笑みで尻尾を振っている。

「全然、待ってないよ。どこにいるか分からなくて焦っていたけど」

「えー、ちゃんと見つけてよ。でも約束の時間より先に来てたのはえらいね。それとも、そんなに楽しみにしてたのかな～？」

「違う。人を待たせるのが苦手なだけだよ」

「本当に～？　まぁ、とりあえず今日を楽しもうか！」

ついてきたまえと謎の自信と華奢な背中で語るラクダは空に向かって背を伸ばし、歩みを進めた。

ウインドウショッピングという行動は、意外と疲れることを知った。

一応、外仕事ではあるので体力はある方だと思っていたが、すでに置いて行かれそうになっている。

「もう疲れたの？　だらしないな～」

両手に荷物を抱えた彼女は、いたずらっ子のような笑顔で振り向いてきた。

「少し、休憩しない？」

「あっ」

どこか座れる場所はないかと探した視界には、急に走り出した彼女がいた。

「え？」

人は理解のできない場面に立ち会うと動けなくなるらしい。

何か不快にさせるようなことをしただろうか。

動揺を隠せない中、彼女が置いて行った荷物が居場所を与えてくれた。

時間にしては数秒だった。

ただ、その間に動いた脈とは釣り合わないほどの時間を感じた。

階段から上がってくる彼女は、こちらの気持ちもお構いなしに満足そうな顔をしていた。

「いや～間に合ってよかった」

「よくないよ。急に消えないでよ」

自分でも驚くほどの大きな音が安堵感を表した。

「あ、ごめん。大きな声出しちゃって。でもどうしたの？」

「うん。おばあちゃんがね、ハンカチを落としたの。全然気付いてなくて。それに私は気付いちゃったから、ね」

「あ……、そっか」

何か肉体的とは違う疲労感に襲われた。

「君は優しいね」

「お、急にどうしたの？」

「わざわざ他人のために、そこまでできるなんて」

「うーん、別に優しさのつもりでやったわけじゃないよ。なんか悔しいじゃん。後になって思い出して後悔して、そうやってぐじぐじするくらいなら今走り出しちゃえって！」

「でもすごいよ、そうは思っていても実際に動けるなんて」

「いや～そんなに褒められてもね～。あ、でも私そんなにいい人じゃないからね！　私の大切な人とか手の届く範囲の中でしか動けないから。これは私の考えだから正しいとか間違っているとかそういう話ではないんだけど、それでもみんなが同じように自分の大切な人とか周りの人に寄り添えたら多分、誰も置いていかれないと思うんだ」

彼女がいつも笑顔でいる理由が少しだけ分かった気がした。

「ありがとう。疲れたから少し休もうか」

自分の見当違いな発言に戸惑う彼女の、その周りにいられるように荷物を持つことから始めてみた。

「うん、ありがとう。私行きたいカフェがあるの！」

座れるならどこでもと了承した先は、抹茶専門店だった。

「抹茶苦手じゃない？」

「飲んだことないかも」

「飲んだことないの？　それならいい社会科見学になるね」

誇らしげな顔と上げた顎が鼻につく。

「まだその設定が続いてたんだ」

「そうだよ、ちゃんと役になりきってよね」

引率の先生の買い物に付き合い、抹茶を飲むことは社会科見学というのだろうか。

「分かりましたー、では注文してきまーす」

「お、素直な子だ。花丸あげちゃおうかな」

先ほど買った荷物から赤ペンを取り出した彼女は空に絵を描いていた。

「苦っ」

初めての抹茶はあまり美味しくなかった。

「お子ちゃまだね。普段、何飲んでるの？」

「コーヒーか水かな」

「同じカフェインじゃん。そのうち慣れるよ」

そういう彼女も眉根を寄せながら口に運んでいる。

「自分だって苦そうじゃん」

「そりゃあ苦いよ。でも、それがいいんじゃん。そうしたらその後の甘さを堪能できるからね」

苦みが良いのか、甘みが良いのか。

ガトーショコラを頬張る姿が満足そうで、それでいいやと頬が緩む。

「今日はありがとうね、楽しかったよ」

真っすぐな言葉で今日の終わりを告げられた。

「うん、こちらこそ楽しかったよ」

思っていることを伝えるのには少しむず痒さがいるようだ。

「お、本当に？　でもちゃんと言の葉で聞けて良かった！」

「前から気になっていたんだけどさ、言葉のことを言の葉って言うよね」

「うん、そうだね」

「なにか意味はあるの？」

「……うん。言葉って言うとさ、どこか不安定なところがあって。伝えたい自分を探す中で届けたい気持ちを乗せるための言の葉で、そこには誰も意味を見出してはくれないかもしれないけど、そんな気持ちはあるよ」

「そっか」

彼女はどのような人生を歩んできたのだろう。

一つの、一枚の重さの違いにたった一言しか返せない自分は、今日の見学レポートを空白で提出することになるだろう。いや、苦みは甘みを引き出せるとだけでも書いておこう。


夜風が心地よく感じたある日、薄手のコートで来たと得意げに話していたお天気キャスターが暖冬だと教えてくれた。

仕事を終えた帰り道は、いつもと足元が違った。

在宅による疲れを取るために運動をすると宣言した彼女は、今夜散歩に行くらしい。寒さに気を付けてと伝えたはずだが、どうやらその散歩には自分も行くことになっているみたいだ。

やっぱり彼女とは会話が噛み合わないと文句を言いながら、今朝はサンダルではなくスニーカーで出勤した。

「気持ちいい天気でよかった！　どこ行く？」

今日も元気な彼女は少し髪が短くなっていた。

「こんばんは。髪、切ったんだ」

「そうなの！　気合い入れて散歩するために切ってきたの！」

「独特な気合いの入れ方ですね」

何やら満足そうな彼女は歩みを進め始めた。

「どこまで行こうかな～、どこかおすすめとかある？」

まだ短い髪に慣れていないのだろうか、耳にかけるほどの長さのないサイドの髪から見える横顔は、少し景色が変わっていた。

「おすすめ？　散歩の？」

「そう！　普段配達していて綺麗な場所とか知らない？」

耳にかける素振りをしながら覗いてくる顔は、普段よりはっきりと目が合う。

質問に答えなければと、動いた自分は気付かないふりをした。

「綺麗か分からないけど、よく時間を潰す公園なら知ってるよ」

「お、いいじゃん！　そこに行こうよ！　ご案内のほど、よろしゅうお頼み申します～」

「馬鹿にしてるな。舞妓さんになるならおこぼ履いてきてください」

「そんなん、堪忍どすえ～」

とんだ茶番が口角を上げてくれる。

どんな栄養ドリンクよりも効果があるだろう。

静けさの世界でも君がいたら道に迷わず進めそうだ。

公園までは山道を進む。

普段は車で通る道も、歩いていくと周りの景色が違うように見える。

「わぁ！」

銀色のスポーツカーが歩道に乗り上げて草木に包まれている。

「車だ～。郵便局員かな？　もうちょっと上手に駐車してほしいね」

「この車の止め方は時間指定に間に合わなくて慌てちゃっているのかもね」

「そっか、それなら仕方ないかもね」

今の会話で納得できるのは彼女か同業者くらいだろう。

それでも話題を作ってくれたこの車には感謝を伝えておく。

「そういえば、なんで郵便局に就職したの？」

「特に理由はないかな。公務員の親に何不自由なく育ててもらって、自分も何となく安定してそうな就職先を探して、行きついた先が郵便局だったたって感じかな」

真っすぐに見つめられたからか、面白いことも言えず正直に話すしかなかった。

「そうなんだ、いいご両親だったんだね」

「うん、そうなんだ」

学生時代の同級生たちは、働くことや場所に意味を持たせている。

意識の高い会話に疲労感しか覚えず、最近は会うことがない。

何気ない会話の中で、彼女はそのままの自分を認めてくれているような気がした。

そのお陰なのだろうか、普段とは違う景色をいつもの公園は見せてくれた。

「え～、いいところじゃん！　あ、海も見えるよ！」

「本当だ！　展望灯台も見えるよ！」

「ねぇ、本当によく来る場所なの？　私と同じくらいテンション上がってるじゃん」

「あ、ごめん。いつもは土管に寝っ転がってるだけだから、景色なんか見てなかった」

「もったいないな～。でもよかった。これで今日来た甲斐があるね！」

「ほんとだよ！　こんなにいい場所だったんだね」

「あ、危ないよ！」

浮ついていたからか、急な崖に気付いていなかった。

引かれた袖に温かさを感じ、冬の夜の暗さを自覚した。

「ごめん、ありがとう」

「子供の扱いは慣れてるからね。そこのベンチに座ろうか」

初めて座るベンチと、連れていかれるぬくもりにまだ気分は高揚していた。

「ごめんね、迷惑かけちゃって」

「ううん。でも周りはちゃんと見ましょうね」

「さすが先生。天職だね」

「そんなことないよ。私も大層な目標があって教員になったわけじゃないし」

彼女は少しだけ遠くを見る視線を、森閑とした暗闇に落としている。

「そうなの？」

「うん。小学生の時にね、軽い虐めみたいなのに遭ったの。今思えば些細なことなんだけど当時の私にはそんな余裕がなくて、一番近くにいた先生を頼ってみたんだけどやっぱりダメで。それからの学校生活は問題なかったんだけど、そのことがずっと引っかかっていたんだろうね。あんな人がやれるなら私だってやれる、私だったらもっと寄り添えるわってね。それで教員免許を取ったの」

彼女との会話は緊張する。

上手く答えたくて、正解を届けたくて。

でも、そのたびに使われる心の動きは不整脈を起こしそうだ。心筋にも筋肉痛はあるのだろうか？

現実逃避しそうな思考を灯台の明かりが押しとどめてくれた。

「そうだったんだ」

上手い返しどころか相槌すらまともにできない自分には、ただ息と言葉を吐くことしかできなかった。

「そんなに落ち込まないでよ。その経験のおかげで今の私がいるわけだし、感謝はしないけど、ありがたいとは思ってるよ」

「強いね。きっと生徒たちは自慢の先生だと思っているよ」

「そうだと嬉しいね。そういえばこの前ね……」

散歩に来たはずが座って話している時間の方が倍近く多いことに気付いたのは、睡魔が彼女にかぶさってきた頃だった。

「眠くなった？　そろそろ帰ろうか」

「うん、眠い。でも楽しかったなー」

「そうだね、少し笑い疲れたよ」

「やだなー、帰りの時間って」

まだ座っている彼女は準備運動なのか、足をバタつかせている。

「なんで？」

「その日、どんなに楽しくても別れなきゃいけないじゃん。急に一人になるじゃん。さようならを伝えるためにそれまで笑ってたわけじゃないのに、寂しいじゃん」

急に子供みたいになる彼女は不満そうに口を尖らしていた。

「ねぇ～、また一緒に行ってくれる？」

「うん、いいよ」

「わーい。次はどこに行こうかな～」

尖った口はすぐに白い歯を見せてきた。

ふざけている時や悪いことを企んでいる時、彼女はほろ酔い状態のような話し方になる。

宙に浮いているような、あの甘い感覚だ。

そういえば以前、友人に聞いたことがある。

長く空気に触れたアルコールは気化されるので、悪酔いすることはない、と。

彼は嘘を言っていたのだろうか？

彼女の口から自分の耳に入るまでには空気に触れているはずだ。

それなのに度数の高いお酒を一気飲みした時のような一瞬の苦しさと一時の高揚感に駆られている。

今度嘘つきな友人と飲みながら、面映ゆい感謝を伝えるとしよう。


目覚ましをかけて寝た日のほとんどは、その時間の数分前に目が覚める。

この現象に何か名前はあるのだろうか。

多分ほとんどの人にとってどうでもいいことなのだろうが、一度気になったらずっと引っかかってしまうのだ。

「先輩はどう思います？」

最近は喫煙所も居心地がよくなってきた。

「うーん、どうでもいい。そんなこと考えるくらいなら一秒でも長く寝たい」

返事が冷たい時は大概ショートの煙草を吸っている。

非喫煙者の自分にはその違いは分からないが、先輩はロング派らしい。

「それにしても最近、明るくなったな。何かいいことでもあったのか？」

目を合わさずに話す内容は鋭く、動揺を認めたくない自分は否定も肯定すらもできなかった。

「まぁ、元気なのはいいことだ。仲良くするんだぞ」

水に着いた煙草の音が会話の終わりを合図してくれる。

ケラケラ笑う先輩は何かいいことでもあったのだろうか。


他人の思考を読み解くという無理難題に臨みながら、最近よく通る道に駐車した。

「すみません、玄関前に置いておいてください」

「あ、飯干さんでお間違いないですか？」

「はい。お願いします」

置き配をお願いされること自体は珍しくない。

それでも彼女からの初めての依頼には、少し引っ掛かりがあった。

一枚の扉の向こう側を問いかけることのできない自分には優しく荷物を置くことと、頭を下げることでしかここにいる理由は作れなかった。

「あら郵便屋さん、こんにちは」

「恵美子さん、こんにちは」

下を向いて出たエントランスで高さの合う目線には、いつものおばあちゃんがいた。

「今日は私じゃないのね」

「そうなんですよ」

「ご苦労様。今、出先から戻ったばかりだから何もあげられなくてごめんね」

「大丈夫ですよ。それでは失礼します」

今日は早く上がれる日だから、もう少し話をしてもよかったかな。

少し余裕のなかった行動に、また肩を落とすことしかできなかった。

星が顔を出すには早すぎる淡いオレンジ色の世界で、足りない思考を巡らせる。

綺麗な景色への感動と不安を覚えている自分への感情が、魔法にかかった時間のように流れている。

そんな時間も携帯の着信音がすぐに現実へと戻してくれた。

「あ、飯干です。先ほどはすみませんでした」

「いえ、大丈夫ですよ。どうかされましたか？」

「えっと、今日って再配達来てくれますか」

「先ほど玄関前に荷物置かせていただきましたよ」

「いや、違くて。少し会いたいので来てくれますか」

突然の現実を前に、今日の答え合わせができそうだった。


近くに駐輪場があることは仕事上把握している。

最近は休みの日の前日に買い物を済ませるために、原付バイクで出勤していた。

仕事後にも同じ道を歩いていく。その場所への道にはもう慣れた。

私服姿でこのインターホンを押すのは初めてで、それでも変わらず郵便局と名前を借りた。

「急にごめんね。来てくれてありがとう！」

「遅くなってすみません。それよりどうしたんですか？」

「え、言ったじゃん。会いたかったたって」

ここに来るまでに呼ばれた理由を考えていた。

荷物は雑に扱っていないのでクレームではないと思う。

置き配だったので体調が悪いのかと思い一応栄養ドリンクを買ってきたが、お使いの必要もないような笑顔で迎えてくれた。

「とりあえずあがってよ」

思考が追い付かない行動に従うしかなく、何度も訪れた扉を今日初めて乗り越えた。

初めて訪れた女性の家での振る舞い方など知らない自分は、視界の片隅から情報を入れていく。

整頓された部屋には荷物が少なく、何やら洒落た置物からいい香りが漂っていた。

「あんまりジロジロ見ないでよね。飲み物、何でもいい？」

「あ、うん。ありがとう」

「ふふっ、ソファーに座っていいよ」

廊下に立たされた少年は座ることを許された。

静かな空間には電子レンジと暖房の音だけがある。

目の前のテレビは暗く、映った自分の姿勢を正すことで待ち時間をやり過ごした。

「お待たせ〜。熱いから少し時間を置いてね」

「ありがとう」

お店でしか見たことのない透明なマグカップには、綺麗な琥珀色の液体が注がれている。

「体調は大丈夫？」

ソファーを背にして床に座る斜め下の君と話すには、テレビの画面越しの表情を読み解く必要があった。

「え、大丈夫だよ。急にどうしたの？」

「置き配なんて初めてだったから気になって」

「そっか〜気になったんだ〜」

振り向いた君の中にはいつものいたずらっ子がいた。

「でも偉いね。インターホンの画面で見てたけど、玄関でも下のエントランスでも、あんなに丁寧にお辞儀してるんだね」

「別に偉くはないよ。ただ仕事をしていただけだよ」

「ううん。見えていない人に頭を下げられる人は立派だよ」

あまり褒められることがない自分はどう反応すればいいのか分からず、透明なマグカップで顔を隠すしかなかった。

「熱っ！」

飲み慣れない琥珀色は甘い味がした。

「もう、だから言ったじゃん。落ち着いてよね」

いたずらっ子は時々、担任の先生に豹変する。

「落ち着けないよ。普段、配達に来ている部屋の中にいるんだから」

「そういうもんかな～。でもこんなに仲良くなるなんてね！」

仲が良いのか自分には分からないが、驚きはしている。

「そういえばさ、配達のたびに変なこと言ってきたよね」

「変なこと？」

沈黙に押しつぶされまいと、今までを振り返ってみた。

「うん。他のお客様からありがとうとかお疲れ様とかはよく言われるけど、行ってらっしゃいと言われたことはなかったな。何か理由でもあるの？」

「うーん、仕方ない。特別に教えてあげよう！」

「なんのキャラだ、それ」

「まぁ、なんでって言われても、ただ、行ってきますが聞きたいだけなんだよね」

「……そうなんだ」

「あ！　私の言っている意味を分かってないな！」

真っすぐにこちらを向いた君は正座をしていた。

「分からないから聞いたんだよ」

「あぁ、そっか。行ってきますってね、行きますと帰ってきますの合わさった言葉なんだよ。この世界では、旅をするのも出かけるのでさえも命懸けのところが昔や今でもあって、待っている人に、想う相手に必ず帰ってきますって、無事でいますって誓いを込める意味で使うんだ。だからたくさんの行ってきますがあれば、繋がっていられるような気がするんだ」

安易に答えを求めてはいけなかった。

言葉の意味合いに覚悟を持っていない自分は、マグカップに隠れるしかなかった。

「そんなに一気に飲んで大丈夫？　変に酔っぱらったりしないでよ」

「え？」

温かい飲み物が鼓動を速める。

「もしかしてとは思ったけど、これってお酒？」

「うん。梅酒のあったかいやつ」

「今日バイクで来てるんだけど」

「あら。なんでもいいって言ってたから」

急いでつけた携帯の画面には終電時間を超えた時刻が示されていた。

「いいよ。泊っていきなよ」

微笑む彼女のマグカップからも琥珀色は消えていた。


慣れない浴槽でお湯の出し方も分からずにいる。

お洒落な彼女はシャンプーとコンディショナーも透明な容器に入れ替えている。

違いなど分かるはずもなく、二つを混ぜて使用した。

使い方の分からない丸いネットは使わず、お湯で身体を流した。

洗面台にはいくつもの容器が並べられている。

お酒を飲んだからか、よく分からない好奇心に駆られて化粧水をこっそり使ってみた。

いい匂いの要因は自分の髪からだと、勢いの強いドライヤーが教えてくれた。

「お風呂、ありがとう」

「いいえ〜。使いづらくなかった？」

「どっちがシャンプーか分からなかったよ」

「ふふっ、右側がシャンプーだよ。覚えておいてね」

いつの間にかかけていた眼鏡を指で上げる君は、エプロンを身にまとっていた。

「お腹空いてる？　私これからだから一緒に食べようよ」

こんな贅沢があっていいのだろうか。

座り慣れてきたソファーに身を任せ、忘れたくないこの瞬間を記憶しようと、時間をかけて呼吸をした。

「お待たせしました。茄子と豚肉の味噌炒め定食です！」

息を吐く間に運ばれてきた姿と香りに気づいた自分は、引き寄せられていた。

「いただきます」

久しぶりに生きたご飯を食べた気がした。

「口に合う？　無理して食べなくていいからね」

「いや、めちゃくちゃ美味しいよ！」

「本当に？　よかった〜」

好物だと教えてくれた茄子を口に運ぶのは自分が先で、おいしさを受け取った君は微笑みながらようやく器を持ち上げていた。

「うん、美味しいね」

味か、言葉か、振る舞いか。

幸せに満たされた自分は、その過ぎていく時間をしんどく感じることがある。

マイナスなイメージではないのだが、説明するには言葉が足りず、そう表現するしかない。

「ご馳走様。せめて食器くらいは洗わせて」

「大丈夫。今日はお客様なんだから、ゆっくりテレビでも見ていて」

手持ち無沙汰な自分に、君を眺める権利はあるのだろうか。

テレビに映る映像よりも見ておきたい景色は目の前で、そこにある世界は別腹みたいだった。

「そんなに見ないでよ。何か飲む？」

「またお酒飲ませる気だな」

「もうだまさないよ。紅茶でもいい？」

普段コーヒーを飲む自分には家で紅茶を飲む習慣がなかった。

これまた透明な食器が並べられる。

出来上がるまでに時間がかかるのはコーヒーと一緒みたいだ。

テレビでは有名人が海外で自身のルーツを語っていた。

「ふぅ」

珍しく溜息を吐く彼女は茶葉を上下に動かしていた。

「海外旅行に行きたいの？」

「そう、そうなの！」

眼を見開いた彼女はポットの中で動く茶葉の何倍も大きく動いていた。

「ふふっ、じゃあ、どこにでも行けるとしたらどこに行きたい？」

「えーっ、難しいな〜。うーん、一旦持ち帰って検討します」

「もう家だけどねー」

中身のない会話は時間を早送りしてくれる。

気が付いた時にはもう夜が明けていた。

ソファーで寝落ちしたみたいだ。

立ち上がろうと下ろした足元には彼女が寝ていた。

早起きは三文の徳と聞いたことがある。

三文とは何か、誰にとっての徳なのか、今まで考えたことはなかった。

それでも今、目の前で寝ている彼女の顔を独占できるこの時間は間違いなく徳で、このわずかな時間が続いてほしいと願っていた。

「んー、おはよ〜」

「おはよう。なんでここで寝てるの？」

「うーん、気付いたら私もここで寝ちゃってた」

寝起きの顔は子供のようで、いろんな顔を持つ君は見ていて飽きない。

「寒くなかった？　これありがとうね」

自分にかかっていたブランケットを下におろした。

「寒かったの！　ありがと〜幸せだ〜」

「大げさだな」

「そんなことないよ。昨日もそうだったんだよ。テレビ見てる時に私が小さく息を吐いたじゃん？　それだけだったのにふふって笑って、行きたいんでしょって。あー、この人は私を見てくれているんだなって。私の気持ちまでちゃんと汲み取ってくれているんだなって。こういう時間を重ねていけることが幸せってことなんだろうなって。うん、その時にも思ったんだ」

束ねて渡してくれる言葉を、溢れそうな笑顔と傾ける頚の角度を記憶したいと思った。それさえあれば大抵のことは乗り越えられる気がするからだ。

それからというもの、同じような時間を過ごした中で気付いたことがある。

チョコを食べると機嫌がよくなること、隙さえあればくっついてこようとすること、部屋から見える木は桜で、春は部屋からお花見ができること。

「桜ってさ、いくつか種類があるじゃん？　この桜は何て名前なんだろうね」

「え、ごめん、何て言った？」

定位置のようにくつろいでいたソファーで寝落ちしかけたことに気が付いた。

「ううん、何でもない。ごめんね、仕事で疲れてるのに急に呼び出しちゃって」

斜め下にいる彼女は前を向いている。

「大丈夫だよ。どうかしたの？」

「うーんとね、色々と宣言したくて」

「宣言？」

「そう。満開の桜を見たいなーって。あと美味しいチョコもいっぱい食べたい。それと旅行にも行きたいし、一日中何も考えずにだらだらしたい。それから尊敬される教員にもなりたいし、子供たちの笑顔が見たい。うん、いっぱい笑いたい」

「ふふっ、これから忙しいね」

こうしたい。こうなりたい。

そう言い切れる強さに、そこにある母音のような優しく寄り添える彼女に憧れていた。

「だからね、そのために今までみたいには会えないの」

「え、どういうこと？」

力なく言う彼女はまだ前を向いている。

「私ね、病気になっちゃったの」

それから彼女はゆっくりと話してくれた。

少し前から症状が出ていたこと。検査のために職を離れていたこと。治療のために入院が必要なことを。

こんな自分でも聞いたことがある病名なのに、治療法はもちろん、予後や生存率を知らない現実が呼吸の仕方を忘れさせる。

「ふふっ、そんな顔しないでよ。大丈夫、忘れたりしないから。あ、でもたまにはお見舞いに来てくれないとすねちゃうよ～」

散った桜はどこに行くのだろう。まだ化粧前の姿を心配したところでその先は分かるわけがない。

「チョコ、なんかいいやつ買っていくよ」

「うん、ありがとう。楽しみにしてるね」

彼女が病気の話をしてくれた時、本当は抱きしめたかった。

けれど実際には抱きしめることも、触れることさえもしなかった。

いや、できなかった。

その後の勇気がなくて、何をどう話せばいいのか分からなくて、ただただ嫌になるほど落ちていく綺麗な水を追いかけることしかできなかった。

正解探しと正しい答え

それから彼女は精密検査のためにすぐに入院してしまった。

彼女を取り巻く環境は急激に変化をしているだろう。

その環境の一片にいられているのか分からない自分は、今日も変わらない日々を流すことしかできない。

「どうした。忙しかったのか？　変な顔してるぞ」

「お疲れ様です。元々こんな顔ですよ」

こちらの心情を知らない先輩は今日も煙草を咥えている。

「そうだったか。最近いい顔してたのにな。そうだ、お前明日休め。この前の借りを返すわ」

「え、いいんですか？」

「おう、何かあった時はお互い様だろ。飲みにでも行ってこい」

「ありがとうございます。たまには気が利きますね」

「おい！　なんで上からなんだよ！」

「すみません。では、お言葉に甘えさせていただきます」

「おう、ゆっくりな」

他人の心情なんて分かるはずもない。

それでも寄り添おうとしてくれる人情がこの人にはあった。


仕事終わりの駅前は人で溢れている。

週末のこの時間は元気な人が多い。

何をされたわけではないが、自分がいらついていることには気付いている。

「悪い、待たせたな」

「全然。急にごめんね」

「気にすんなよ。いつものところでいいか？」

「うん」

「なんか暗いな。とりあえず行くか」

何をすればいいかも分からない自分は、先輩の助言をそのまま行動に移した。

飲みに誘える友人は限られている。

よく行く焼き鳥屋は今日も繁盛していた。

「それで、どうしたんだ？」

乾杯のグラスを置く間もない問いに答え方が分からず、ビールの泡が減っていくことに焦りを感じた。

「どうせまた難しいことでも考えてるんだろ。それは言葉に出してみて楽になることなのか？」

「うーん、自分でもまだ整理がついてなくて」

「それなら一度出してみな。そうすることで何かは変わるし、俺が受け止められなければ返すから！」

昔からだが、彼は話を引き出すのが上手い。

社会人になってからもその能力を遺憾なく発揮している。

それに比べ誘った張本人は、これまでのことを説明するのにグラスを三杯空けていた。

「ごめんね、暗い話で」

「いや、二人とも大変だったな」

カウンターに座っているはずなのに、彼はずっと目を合わせていてくれている。

「大変なのは彼女だけだよ」

「お前は相変わらず優しいな。俺はそこが心配だよ」

背もたれの機能をようやく果たした彼の椅子は、鈍い音を鳴らした。

「優しくないよ、何もできてないし」

「そうか？　細かいことは本人同士じゃないから分からないけど、充分できているだろ」

「うーん、どうかな」

「俺は結果よりも経過が大事だと思うんだ。最近はまいこさんのことを思って気持ちを動かしてるだろ？　その人のためにどれだけの想いを込めて時間を使っているか、そこに優しさはあると思うんだ。だからお前は優しいよ」

気付けばいらつきは治まっていた。綺麗事だと反論しなかったのは彼からの言葉だったからだろう。

それでも心はどこか遠くにある感覚だ。

「うん、ありがとう」

「おいおい、大丈夫か？　これから治療とか始まるんだろ？」

「そうだね、しっかりしないと」

当たり前にあることがどれだけ素晴らしいことか。平穏な環境にどれだけ恵まれていたか。たくさんをくれる彼女との日々が、共に悩んでくれる友が、これらの日常のありがたさに、自分自身の自覚のなさに嫌気がさした。

「お見舞いにはもう行ったのか？」

「明日行こうかなって思ってる」

「そうか、ちゃんと手土産持っていくんだぞ〜」

からかうような微笑みに居心地の良さを感じる。

「子供扱いするなよ。ちゃんとチョコ買っていくよ」

酔いが回ってきたのだろうか、大きな声を出せるようになっていた。

「俺もチョコ食べたいな〜」

「あ、そう」

「うーん、とりあえず俺は一箱でいいや」

「なんでだよ」

酔いがだいぶ回ってきたのだろう。頬の筋肉が攣りそうになっていた。

「なんだよ〜。せっかく美味しいチョコ屋さん、教えてあげようと思ったのにな〜」

前後に揺れる彼を支える椅子は悲鳴をあげている。

「チョコ屋さんって。まぁ、一応聞いておこうかな」

「素直じゃないな〜。特別だぞ！」

二日酔いでお見舞いに行くわけにはいかないと理性を保ち、それぞれの帰路についた。

酔いの思考に、空気が冷たく冴える夜が明日の現実を見せてくる。

綺麗と言われるこの空も今は少し重たく感じた。


彼女が教えてくれた病院は大学医学部に附属しており、大層な外観とたくさんの表彰状を掲げるその箱は、高度で先端的な医療を提供していると謳っている。

見た目なんかどうでもいい、治してくれれば後はなんでもいい。

何者でもない自分は本心を聞かれまいと、九階の景色のいい部屋というあやふやなヒントを頼りに、エレベーターへと足早に乗り込んだ。

久しぶりに会うわけではないが、少なからず感じる緊張感が高度と共に鼓動を速めていく。

不安な表情と呼吸のペースが定まらないまま、エレベーターは目的地へと運んでくれた。

入院病棟と呼ばれるこのフロアは、白い壁の圧迫感と薬品の混ざった臭いで包まれた空気によって他との異質さを感じさせる。

「こんにちは、お見舞いですか？」

「あ、はい。そうです。えっと、景色のいい部屋ってどこですか？」

「景色のいい部屋？　うーん、何カ所かあるからなー。患者さんのお名前は分かりますか？」

「あ、そうですよね。飯干さんです」

「あー、まいこちゃん！　案内しますね、こちらです」

看護師さんと思われるその人は、挙動不審な臆病者にも丁寧に対応してくれる。

コンコン。

「まいこちゃん、入るよ～」

「わぁ～三橋さん！　今日担当？」

「そうだよ～。でもその前にお見舞いの方、来てるよ」

「え？　だれ？」

「あ、こんにちは」

「あー、やっと来てくれた！　遅いよ～」

入院している彼女は相も変わらず元気なままで、自分はようやく息をゆっくりと吐けた。

「それじゃ検温とかは後にしよっか。お二人でごゆっくり～。あ、それとこれからお見舞いに来た時はナースステーションに寄ってね。また景色のいい部屋に案内してあげるから」

元気よく手を振る看護師さんは、なぜか嬉しそうだった。

「なーに、景色のいい部屋って？」

とぼけた表情はあまり化粧をしていなかったからか、一段と幼く見える。

「なにって、君が言ったんだよ？　九階の景色のいい部屋にいるって」

「それでそのまま伝えたの？」

「そうだよ」

わーっはっは。

豪快に笑う彼女の姿は病人であることを忘れそうだ。

「名前伝えれば良かったのに、景色のいい部屋って。配達員さんが迷子って」

「笑いすぎだよ。せっかくチョコ買ってきたのにあげないよ」

「それはだめです。もう笑いません。今すぐください」

「切り替えるの早いなー」

「ふふーん。お、このお店のチョコ気になってたんだ！　やるね～」

そうだ、この感じだ。いつもの部屋より閑散としていて、いつもの匂いより居心地は良くないけど。

「……どうかしたの？　なんか不安そうだね？」

出してくれたパイプ椅子もやはり居心地は良くない。

「ううん、なんでもないよ。思ったよりも元気そうでよかった」

「まだ検査ばっかりで治療はこれからだからね。暇すぎて元気あり余ってるよ！」

両腕で力こぶのポーズを決める彼女は、いつも笑顔でいてくれる。

たくさんの表現で満たしてくれる姿に、彩りを与えてくれる言葉に、自分は何も返せてはいない。

それどころか病人の彼女に心配をかけている自分は何を返してあげられるのだろう。

自分自身にも分からない感情はどう解決すればいいのだろうか。

正しい答えを求めているけど不確かな感情に正解などなくて、それでも彼女に対しては正しくありたかった。

「ねぇ、大丈夫？　疲れてるの？　これじゃどっちが病人か分からないよ」

「あ、ごめん。病院、久しぶりだから緊張しちゃって」

どんな顔をしていたのだろうか。三文芝居すら打てない自分は舞台に立つ権利すらない。

「あのね、心配はすると思う。実際に私は病気で入院しているわけだし。でもね、腫れ物に触るような変な気の使い方はしないでほしいの。私も病気になってから周りがどうとか変に気を使うことは止めたんだ。だって私の人生って私のものでしょ？　私が主人公で、私の世界なの！　もちろん人としての常識は踏まえてだけど、私が思ってしたことは全部正解だし私が良いと思えばそれでいいの。だから今まで通り楽しく過ごそうよ」

「でも自分なんかといても何も返してあげれてなくて」

「だから！　そういうのはいらないの！」

病室のベッドに立ち上がろうとする人を初めて見た。そんな人に入院は必要ないと思う。

ただ例外なく彼女も病人で、上手く力を保てない身体は大きな音と共にベッドへと倒れ込んだ。

「私はね、君といると暇をしないんだ。一人でいる時はどうしても色々考えちゃうし、ふ

とした時につらくなるの。でも君といる時はいつも笑っていられるし、病気だってことも
その時だけは忘れられるの。この時間が必要なの。返してない？　何もいらない。もう充分に満たされてるよ。だからこの時間を邪魔しないで」

自分を知りたいと思った。

達観していると、他人など気にしたところでと、どこか格好をつけていた。それが自分だと思っていた。

彼女は自分の知らない自分を、そんな自分とのこれまでを必要だと言ってくれた。

これからも必要であり続けるために格好をつけている暇はなかった。

そんな自分を知りたいと鏡を探すも四つ窓しか見当たらず、景色の良さに息が漏れた。

「ちょっと、何の音！」

台車をスライドさせながら登場したのは先ほどの看護師さんだった。

「ごめーん、三橋さん。テンション上がっちゃってベッドで暴れちゃった」

「ここは病院で、あなたは入院患者よ。おとなしくしなさい」

「はーい。すみませーん」

彼女もそうだが、台車をスライドさせる人がよく言えたものだ。

「そこ、なにヘラヘラしてるの！　これから検査があるから一回退場！」

もう嫌われたのだろうか。一礼だけして病室を出ることにした。

「ごめんね〜、ちょっと検査行ってくるね」

「いいから、早く腕出して。また熱上がったらどうするのよ」

「はぁーい」

この箱に入ってからようやく頬を緩めることができた。気持ちを整理しようと座れる場所を探す。

先ほど教えてもらったナースステーションと呼ばれる空間では、みんな忙しそうに充実した顔が並んでいた。

彼女をお願いしますという気持ちを込めて一礼し、歩み出した先から明らかに自分への視線を感じた。

スーツ姿の男性が真っすぐに距離を詰めてくる。

「君か、最近娘とよく会っているのは」

「え？」

面識のないその男性の瞳には不愉快さがこぼれている。

「あぁ、すまない。私は飯干という者で、まいこの父親だ。これから少し時間を頂けるかい？」

「あ、はい」

突然の襲撃に思考の追い付かない自分は、言いなりになる以外の選択肢を持ち合わせていない。

「コーヒーでいいかい？」

「はい、ありがとうございます」

併設されているカフェに着くまでの間は会話がなく、父親だという似ても似つかないその姿に、またも鼓動が押し寄せていた。

「突然すまないね。手短かに済ませるから許してくれ」

「いえ、大丈夫です」

公共の場ということもあり、突然殴られるようなことはないと思う。それでも大の大人に向けられた敵意は気持ちのいいものではない。

「単刀直入に聞こう。君は誰なんだ？　娘とはどういう関係なんだ？」

至極当然の問いだ。病気の娘の周りに変な虫が飛んでいたら排除したくなるだろう。

沈黙の中で想像していた問いが真っすぐに自分という人間を尋ねてきた。

「えっと、自分は……」

どう答えるのが正解か、自分の知っている言葉では説明できない関係に鼓動が耐えきれなくなっている。

「まぁいい。娘から話は聞いている。質問を変えよう。君は娘をどう思っているんだ？」

酸味の強いコーヒーなのか、胸の音と気持ち悪さが安直な発言を制止する。

「何も言えないか」

重たい吐息が洩れだしている。

「ではせめて私の話を聞いてくれ。私は娘には長生きしてほしいのだ。自分自身の不調にはいち早く気付いていたはずだ。それなのに検査にも行かず、会いたい人や仕事を優先していた。無理に病院へ連れて行った結果が緊急入院だ」

聞いていた話と嚙み合わない会話が自分を置き去りにしていく。

「まいこは治る保証もない治療で病室に籠るよりも、いっしょにいたい人と時間を過ごしたいと望んでいる。ただ私としてはどんな形であれ、一秒でも長く娘と共に過ごしたい。その考えは間違っているか？」

自分の意見を曲げずに真っすぐ伝えてくる。ようやく親子なのだと理解ができた。

「君も知っている通り、治療の結果次第では娘に残された時間は少ないかもしれない。だから娘には望むような時間を過ごしてほしい。それが父親としての務めなのだろう」

声量と反比例した感情が表面にこぼれている。

「だが父親である私も一人の人間だ。正直、娘と君の関係性など、どうでもいい。理想の父親像や世間体など、どうでもいいんだ。君が娘と知り合ってどれくらいだろうと、どれだけの想いがあろうとも私には関係ない。私は父親で、まいこは私の娘なんだ。娘が生まれてから、いや、母親のお腹の中にいた頃からずっと共に生きているんだ。間違いなく私の方が娘を想っている。それをどこぞの知らない若造に……」

零れた水の感情は複雑で、それでも見逃してはいけないほどに綺麗だった。

「いや、違うな。こんなことを話すために呼んだのではない。おそらく君に嫉妬していたのだろう。いい大人が申し訳なかった。ただ一つだけ教えてほしい。娘は、まいこはちゃんと笑えているか？　娘の笑っている顔は最高でね、思わずこちらも頬が緩んでしまうんだ。どうだ、君の前では笑えているか？」

「はい。自分はその笑顔に救われています」

言いたいことも、追い付かない感情もままならない現状の中、ゆるぎない言葉をようやく音に乗せられた。

「そうか、貴重な時間を悪かったね」

置いていかれたマグカップには、一度も役目を果たしていない液体が満たされたままだった。

重い腰を上げられたのは音のない雨に手を振られた頃だった。


人との会話が増えたことで嘘をつくのが上手になった気がする。

そこの善悪よりも過ごしやすさを今は求めていた。

「なんで黙って帰っちゃったの～」

「だから言ってるじゃん。雨が降ってきて、洗濯物干したままなの思い出して」

「だからってさ～」

ここ数日はこの話を聞かされている。いい加減飽きないのだろうか。

「じゃー許してあげるから、またチョコ買って来てよ！」

電話越しでも彼女の体調が分かるようになってきた。今日はいつもより声のトーンが高い。

「分かったよ、今日は早く帰れるから少し寄っていくよ」

「本当に⁉　やった、待ってるね！」

先日とは違う曜日なので大丈夫だろう。

懸念する材料が増えた現在は、上手く立ち回る術を求めていた。

病院に着いた頃には夕日が顔を出していた。

彼女もきっと眺めているだろうと景色のいい部屋へ歩みを急いだ。

言われた通りに寄ったナースステーションには誰の人影も見当たらない。

目的地へと歩みを進める先では黄色い声が漏れていた。

「え〜、でもよかった。思ったより元気そうじゃん」

「そうだね。急に入院なんて心配したんだからね」

「ご心配をおかけしました。子供たちは元気に過ごしているでしょうか？」

同僚だろうか。二人の女性は立ったまま会話をしている。

邪魔するわけにはいかないと踵を返すことにした。

「っていうか痩せた？　いいな〜私も楽に痩せたいな」

「いいじゃん、入院しちゃえば？」

病院に似合わない声量が、病人に向けるべきではない内容が、再び自分を病室に向かわせた。

「すみません、何をしに来たんですか？」

「え、誰？」

「お見舞いに来られたんですよね？　お二人は同僚の方ですよね？　そんなことを言いに来たのなら帰って頂けませんか？」

「はぁ？　なんで赤の他人にそんなこと言われなくちゃいけないの」

それはその通りだと思う。それでも不安と苛立ちの混ざった感情を抑えることはできなかった。

パーン！

「はぁーい、そこまで。ここは病室です。騒ぎたいなら今すぐ出て行ってください」

視線を集める先には手を叩く看護師さんがいた。

白衣の天使とは似つかわしくない表情に主導権を握られる。

「うん、よろしい。お二人は職場の方？　持っていってほしい資料があるから付いてきて」

「あ、はい」

どうやらこの二人も主導権を握られたみたいだ。

「あー、怖かった。三橋さんは怒らせちゃだめだね」

虚をつかれた自分とは裏腹に、いつもの笑顔でいる彼女を見てほっと何かが落ち着いた。

「ごめんね、急に騒いだりして。それに職場の人だよね？　戻った時に気まずいよね」

「ううん、大丈夫だよ」

また間違えてしまったかな。伝えたい感情を上手く言語化できない。何をやっているのだろうか。

「ねぇ、座って」

誘導してくれたパイプ椅子が、まだいてもいい意義を見出してくれた。

「うん、ごめんね。盗み聞きするつもりはなかったんだけど無視できなくて。なんか上手く言葉にできなくて」

「ありがとう」

「えっ？」

再び虚をつかれた自分には背もたれなど無用であった。

「大丈夫。君からの気持ちはちゃんと届いているよ。君は優しいから相手の気持ちや表現をこれでもかってくらい考えるよね。だから返事が遅かったり、思ったことをそのまま伝えられなかったり。かと思えば急に溢れたり。最初は何考えているんだろうなーって困惑していたけど、うん、一緒にいて分かったよ。相手を思いやる気持ちが自分と向き合う時間を作っていたんだね。まぁ、たまにはすぐに答えてーって思ったこともあったけどね」

淡々と話す彼女からは後光が差している。

「難しいな。すぐに答えようとしても途中で考え出して、ブツブツ何言ってるか分からなくなりそうで」

間違えないように模索している時間がすでに間違っているのだろうか。

「それでいいんだよ。他人事だと思えない独り言も、そこに私がいれば二人のことになるでしょ！　君が思ったことも、それで起こったことも。知りたいんだ、君が隠そうとしている感情を、その先にいる私たちを」

影の存在をなくすほどの勢いで直進してくる彼女が屈折しないで済むように、同じ物質になれるだろうか。

「うん、でもそういうところも含めて惹かれていたのかな？　だから感情的になった時はビックリしたけど、うん、嬉しかったよ。たまにはあんな一面も見たいけど、君は君のままで、そのままで大丈夫。あんまり変わり過ぎちゃうと探し出せないからね」

認めてくれた。理解してくれた。把握しきれてない自分を受け入れてもらえることがこんなにも温かいとは。

一番つらいはずの彼女が残り火のような明るさで笑うから、零れそうな水を抑えるために眩しさを言い訳に瞳を閉じた。

「ほんと、あなたが来ると毎回騒がしくなるわね」

扉の向こうから現れた天使は聴診器を振り回していた。

「ごめんね～三橋さん」

「あんたはいいの。いい？　ここは病院。病人の前でキレるなんて何考えてるの？」

ごもっともの意見だ。

バシーン！

背中に衝撃が走る。

「まぁ、私の仕事が減ったからこれくらいで許してあげる」

口で言えば分かると反論などできるわけもなく、振りぬかれた腕とそのドヤ顔がこの場に居座った。

「あー、反抗的な目をしたなー。これはまだ説教が必要だな」

「いえ、もう反省しました」

説教とは名ばかりの雑談が、腰を据えるきっかけを作ってくれた。


サプライズとはお互いに利点があって成り立つものだ。

相手の気持ちを考えず、自分の感情だけで動くことをサプライズとは言わない。

ただ毎週のようにチョコを買う習慣がついた自分には驚かされている。

自分で食べることは少なく、いつも店員さんや友人のおすすめを聞いている。

ピスタチオという知らない味も、彼女に届けたくて抱きかかえていた。

景色のいい部屋への最短ルートは把握している。

急な訪問に驚くだろうか。期待を胸に目指した部屋への扉は珍しく閉まっていた。

何か処置でもしているのだろうか。

外で待つことにした耳へ届いたのは、聴き慣れたと思っていた声が鼻に引っかかりながら出てくる音だった。

「……っ、うっ、分かってはいるんだよ。十分幸せな環境にいるってことは。頭では分かっているつもりなの」

「うん」

傾聴する声の主も聞き覚えのある看護師さんだ。

「ふぅーっ。ふふっ、今日はだめな日だね」

「ううん、思っていること、出してみて」

「うん、ありがとう。……そうだね。もう嫌だって逃げ出したくなる時と、まだやりたいことがっていう時と。揺れる気持ちに心が追い付かなくて、ただ、終わりの見えない日々がつらくて、怖くて。別に誰に言われたわけじゃないのに自分だけ取り残されているような不安に襲われて、それでも繋がりを求めてみるけれど窓の空を眺めるしかなくて、そこが今の私の世界で……」

たくさんの重さを前に、自分の姿勢と理性を保つことで精一杯だった。

「扉は、開けないのかい？」

視野が狭まっていた。すぐそばに立っていた男性は、冷たさを纏った圧力で視界に問うてきた。

「いや、今は邪魔してはいけないのかなって」

「そうか、それなら私と話そうか」

返事をする前に動き出した彼を、追いかけることでしか動けなかった。

たどり着いた屋上には庭園とは言い難い草木と、逃げ場を断つようにそびえ立つフェンスが待ち構えていた。

「急に連れ出して悪いね。私は飯干さんを担当している西村だ」

「あ、はい。どうも」

服装と雰囲気から、大体の予想はついていた。

「君は最近よく来ているね。彼女からも話を聞くよ」

「そうですか」

なぜだか分からないが、この人との会話を続けたいとは思わない。

「ところで先ほどはなぜ扉を開けなかったのかい？」

「え、なぜって……」

「怖かったかい？　向き合うことが」

ドンッと聞こえたのは胸の辺りからだった。

「今、開けることが正しいとは思わなくて」

「正しい？　二項対立か。たしかに開けるか開けないかだけの二択であれば正しかったのかもしれない。ただ私が聞きたいのは、何を思っての行動だったのかだ。人間同士の感情を二択で考えてしまうと、どちらか一方にしか正しさがないことになってしまわないかい？どちらも正しいし、どちらも間違いかもしれない。そのどちらかではない所に答えがあるのかもしれない」

　何か怒らせるようなことをしたのだろうか。正論という暴力がこの場から逃げることを許さない。

「人はどうしても弱点にばかり意識を向けてしまう。特に闘病中は負の感情に纏われることが多く、誰しもが持っている苦痛や悩みと向き合う時間が増えてしまう。だが、その反対に喜びや希望といった感情も持っているはずだ。今、彼女に必要なのはなんだろうね」

「そんなこと分かってますよ！　でもどうするのが正解なのか分からないんですよ‼」

　初めて合った医師の目からは、柔和な眼差しが届いた。

「正解かどうかの答えは、そのほとんどが過去形だ。あらかじめ人の中にあるものではない。変えることのできない過去に縛られるのではなく、今、目の前にいる人と話し合い感情のすり合わせを、それ自体に目を向ける営みを。そうして未来へ向け創っていく所に正解はあるのかもしれない」

届く言葉の重さが、今まで向き合ってきた経験の差を鮮明にさせる。

「……医師という仕事をしていると、たくさんの問いに悩まされる。医師としての答えと個人としての答え、何が正解で何を求められているのか。その中でも家族としての在り方を問われることが多い。何をしてあげればいいのか分からないのだろう。正直私にも分からない。ただ一つ言えることは、家族とは権利だ。例えば意識のない患者に対して延命治療を続けるのか、自然な最期を選ぶのか、私たちは選択肢を与えているだけで決断するのは患者本人とその家族だ。その在り方を私たちは全うするだけで、その先をこれから迎える権利を持つことが家族としての在り方だと私は考えている。君が立ち止まった扉の先はそういう世界だ。君に、その覚悟はあるかい？」

彼女と歩く散歩道に、美味しいと笑う角度に、その隣に、ただそこにいたいだけだった。

将来を約束されない彼女を前に、未来を考える余裕は、いや、覚悟がなかった。

「勘違いさせてしまったなら申し訳ない。別に君のことを嫌いだとかそういうことではないんだ。飯干さんから話を聞いているうちに主治医として、いや個人として話してみたくなってね。お、悪い。呼び出しだ。今日は話せてよかったよ。お先に失礼するね」

なびく白衣を見送ってからどれくらいの時間が経っただろう。

腕の重さを自覚してようやく動けていないことに気付く。

思い出したのはピスタチオだ。栄養価が高く、身体に良いと店員さんが教えてくれた。

紙袋の重さなら簡単に取り除けそうだ。


暗闇の中、不意に目が覚める。

夢と現実の狭間にいるような感覚は、あまり居心地がよくない。

「いっそ夢だったなら……」

空想へ逃げ込む呪文は虚しく、窓を打つ雨音に苛立っている自分と目が合った。そこに現実はあった。

気分を上げようと音楽に身を任せてみるも、耳にある異物を不愉快にしか感じられない。

ピコーン。

メッセージの通知音に身が引き締まるも、送り主は母だった。

内容はともかく、おかげで少し息を吐けた。

朝の準備も、朝礼も、仕事も、毎日繰り返しているこの単純作業が億劫に感じる。

そこに意味や価値を見出せなくなっていた。

それでも平等に過ぎる時を、ただいたずらに流していた。

「あら、郵便屋さん？　こんにちは」

「あ、こんにちは」

「今日は私服なのね。すぐに気付けなかったわ」

「そうなんです。もう仕事は終わったんですけど、不在票を入れ忘れてないか確認で寄ったんです」

滑らかに出てくる嘘に自分が怖くなる。

「そう、ご苦労様。ところで大丈夫？　体調でも悪いの？」

「いえ、大丈夫です」

「何かあったかしら」

「本当に大丈夫ですから！　失礼します」

何をしているのだろう。自分の苛立ちを他人に押し当てるなんて。

それでも余裕のない自分には、サイドミラーに映る桜の木を見るしかなかった。蕾はまだ閉ざされている。

余分に感じている時間の埋め方は、普段訪れない場所へと歩みを進める。

「階段の高さ、均等にしてくれないかな。無駄に長いし」

邪念を払いに来る場所で文句を口にする罰当たりは、澄んで見える鳥居の先でせめてもたくさんの空気を身に落とした。

参拝の作法など知らない無知な者は執拗に手水舎を濡らしていた。

逢魔が時とはよく言ったもので、他に参拝者の影は見当たらない。

「よし、やりますか」

賽銭箱の前に立ち、鈴を鳴らす。下げた頭を戻せないほどの祈りは、手を合わす余裕もなく一歩下がった。

「……はぁ、ダメだ」

一つ、吐いた息と同じように膝が落ちていた。

仮に神様が存在するのなら問いたい。なぜ彼女のような人が病に侵されなければいけないのか。

仮に数年後、治療法が見つかったのなら問いたい。なぜもっと早くできなかったのか。

でも分かっている。嘆いたところで現状は変わらない。

でも分かっていない、のかもしれない。見知らぬ神社でうずくまる頭の中で、せめて寿命の移植をさせてほしいと。いや、二日だけでも残してほしいと。

意味のない問いを繰り返すことしか、人知を超えた何かにすがることでしか、今を埋める方法を知り得なかった。

ピコーン。

一日に二度も母からのメッセージに救われるとは思わなかった。

いつの間にか約束の時間を過ぎていた。

電話をかけ、タコせんべいを買っていくことで許しを得た。

無礼を働いたと今一度頭を下げ、その場を後にした。

久しぶりの実家は以前と変わらない空気を纏っていた。

「遅れるなんて珍しいわね。忙しかったの？」

「別に。ただ急に連絡きたから」

「急にも何も、こっちから連絡しないと帰ってこないでしょ？　たまにはご飯でも食べに来なさいよ」

「分かってるよ」

ブツブツ文句を言う母と、何もしなくても料理を運んでくれる環境に安心感を思い出す。

「いただきます」

やはり生きたご飯は美味しい。

実家で暮らしている時には気付けなかったが、母は料理が上手だ。

リクエストをすれば大抵のものは作ってくれる。ただ、あまり褒めすぎると三日に一回の頻度で出てくることになるのは注意点だ。

「ちゃんとご飯、食べてるの？　帰って来た時、生気がなさすぎてゾンビが入ってきたのかと思ったわよ」

「食べてるよ」

母からゾンビ呼ばわりされているのはおそらく自分だけだろう。

「それなら女の人ね？　お付き合いしてる人はおると？」

興奮した母はよく分からない方言が混ざる。

「そんな人いないよ。……うん、いなくなりそうだよ」

素直な感情が溢れてくる。

「いなくなる？　振られたの？」

箸を置く音が何かの合図に聞こえた。

「そういう関係ではないんだけど、良い人が、大切な人がいて。最近病気なのが分かって、今入院してる」

「うん」

「なんかさ、難しいなって。どうすれば、何をしてあげればいいのか分からなくて」

母の前でも隠したい自分は、湯飲みをマスクの代わりにした。

「何をすべきかより何をしたいかじゃないの？　何かをしてあげたいという考えは、時に重みにもなってそれを負担に思うことがあるの。結局人は自分のことしか理解できないの」

本当に大切なことを伝えようとする時の母は、少し冷たくなる。

「それに大切だって思っているだけでいいの？　大切にするということは、その人のために行動し実現することよ。だから今生きている大切な人に、その人が生きている今にあなたは何ができるのか。あなたもそっち側の気持ちは分かるでしょ？　その時に何を感じたか、何が助けになったか、一番苦しいことを必死に考えるの。そうすればきっと寄り添えると思うわ」

それでもそこにある温かさには居心地の良さを感じる。

「そっか、そうなのかな」

自分を知りたいと、向き合いたいと思った。

人は感情から逃げられないのなら、上手く寄り添ってあげよう。

「よかったわ、ちゃんと生きているのね」

「うん、ありがとう。なんか大丈夫そうだ！」

久しぶりに開けた瞼は、この瞬間を記憶しようと光を集めた。

震えた琴線が何かの幕を上げた。


終電に揺られながら窓の外を眺めている。

見える景色よりも近くに感じる自分とピントを合わせた。

すぐ隣には君が座っている。

記憶の中の君にすら嫌われないようにと表情を窺っている。

多分そこが違うのかもしれない。

君はこう思うよねとか、こういうのは嫌いだよねとか、いや、違うなって。

それは自分の感情で、結局嫌われたくないだけで。

君の感情を、君の答えを決める権利なんて自分にはないはずなのに、どこかで期待をしてしまうから。

だから自分を伝えるために、君を知るために、「明日、逢いに行こう」。

開いた携帯のブックマークの、残されたお店は最後の一つだった。


通い慣れた病院の、独特のにおいにも慣れてきた。

警備員のおじさんとも挨拶をする間柄だ。

それでも彼女と会う前は感情が少し零れそうになる。

慣れない時間を日常と呼べる日は来るのだろうか。

「おーい、暇だから迎えに来ちゃった～」

病院には馴染まないほどの大きさで手を振っている。隣に立つ点滴が不安そうに震えていた。

物の気持ちを汲み取ることができるとは。

それでも彼女を見つけると声よりも先に頬が上がって、緩んだ口元のお陰かな、優しく注ぐ音を出せる気がした。

「ふふっ。ダメじゃん、病室で待ってなくちゃ」

「だって暇なんだもん」

への字の口はお見舞いの紙袋を見てすぐに開いた。

「だめ。病室まで我慢だよ」

「まだ何も言ってないのに～」

尖らせた口に鋭さはなく、鏡になれない自分は口を横に広げていた。

「でもそんなに買ってこなくてもいいのに」

自分の部屋のように慣れた手つきで病室のカーテンを開けている。

陽の光を通す手は子供の瞳のようで、その濁りを知らない美しさは儚さを纏っている。

「今日ね、検査だったんだ。なんか、そろそろ治療しないといけないみたいで」

開けたはずのカーテンが左右に揺れている。

「だからその前に会えてよかったよ。これからも一緒にいてね」

「……なんでそんな言い方するんだよ」

後ろ背にすら目線を合わせられない臆病者は、声を荒らげることでしか抵抗ができない。

「ねぇ、覚えてる？　私は病人だよ？　そんな顔しないでよ。余計に具合が悪くなっちゃうよ。いつもみたいに微笑んでよ。少し、わがままを聞いてよ」

「ふふっ、ずるいな」

変わらない君を前に、偽りのない自分を見せることが難しい。

「あのね、これからどうなるかなんて分からないし、もしダメだったとしても大丈夫。いつか受け入れられるから。どんな過去だってそれがあっての今で、そこに時間が加わればいつか儚くも尊いものになっていくから」

「うん」

「それにさ、私と出会う前に戻るだけだよ。うん、大丈夫。変わらないよ」

「うん」

「天気良いなー。そうだ、どこか行きたいところとかないの？」

「うん、あるよ」

「お、どこ？」

「行きたい……うん、君と生きたい。けど、もしそれが叶わないのなら、それなら君と逝きたい」

押さえていたものが、伝えたいことが、震えた背中を叩いた。

「変わるよ。今までのことをなかったことにはできないよ。初めから知らないのと、知っていたことがなくなるのは違うよ。だから戻れないんだ。思い出になんてしたくないんだ。大丈夫じゃないんだ！」

目を合わせるということがこんなにも大変だったとは。

君との時間は少しだけ疲れる。動かせていない筋肉も、流し慣れない水も、こんなにも自分を使いこなせていなかった。

抱きしめた体温は、耳元で鳴る音は、この感情は、きっとどの辞書にも載っていない。

同じ時間を同じ場所で、歩幅を合わせてシワを合わせて、そんな仕合わせを君と。

二人だけが知っている合わせ方で。それでよかったのに。

「おいしぃ〜」

パンパンに腫れた瞼は、口元に運ばれたチョコのおかげで三日月になっていた。

「またお店探さなきゃな。どこか食べたいところとか、それこそ行きたいところとかある？」

「うーん。あ、家に行きたい！」

一度に食べきれなかったのか、半分を残して手を合わせている。

「家？　実家ってこと？」

「ううん。私の家」

「そっか。なにか忘れ物でもしたの？」

「してないよ」

今日もパイプ椅子に背もたれの仕事はない。

「じゃ、なんで家なの？」

「だってあそこは私たちが初めましてをした場所だよ。二人だけのたくさんが詰まってる場所だよ。これからの未来が追い付く前に、心を置いておきたいんだ」

病を前に、明日の保証もない君を前に、自分が抱いた感情はあまりにも贅沢だった。

それでも想像できない時間を、その中の日常に慣れていけたなら。


花曇りな季節は服装が難しい。

室内で鼻水を流す原因は薄着だからか、花粉のせいか。

ポケットティッシュを持ち歩く習慣は持ち合わせていない。

「うぃー、おまたせ～」

「全然。もう出来上がってるね」

仕事の付き合いで飲んでいた友人から連絡がきたのは、残業の光が夜景と言われる頃だった。

「しこたま飲まされたからね。すみません、瓶ビールお願いします」

「またビールに戻るんだ」

「乾杯はビールだろ」

上機嫌な酔っぱらいは、なぜか嬉しそうだった。

「テンション高いな」

「久しぶりに会った友をそんなに邪険にする?」

季節が変わっても変わらないままの友人にこっちもお酒が回ってくる。

「それより聞いてくれよ」

珍しく相談してきた友人にどこか懐かしさを感じた。

「最近彼女が厳しくてさ。先に寝てるのに終電を乗り過ごすと怒るんだよ」

「それだけ大事にされてるんだよ」

「そういうもんかな?」

愚痴を吐くその顔に負の感情は見当たらない。

「なら逆にどうなの？　まいこちゃんだっけ？　どんな人だったの？」

「うーん、どんな人か。あ、前にチョコを食べていたんだけど、その一個一個の絵柄を見て一喜一憂してたな。あと数百個に一個の確率で入っている違う形のグミを大事に残してわざわざ見せてくれるような。うん、そんな人かな」

思い出にいる彼女は今日も笑っている。その笑顔が飛沫感染したら、きっと世界の体温が少し上がる。何類にも属さない、何事にも縛られないその姿を誰もなぜとは思わないだろう。

「相変わらず難しい奴だな」

「ちょっとカッコつけたかもね。まぁ尊敬してるよ」

「尊敬？」

「うん。なんか人として敵わないというか、こうなりたいなって。だからかな、彼女の言葉を自分の答えにしていることが多くて」

姿勢を保てない酔っぱらいは目を座らせる。

「いい人だったんだな。そんな人、俺も会ってみたかったな」

「そうだね。最近は連絡が来ないから携帯の電池も減らないんだよ」

「いいんだか、悪いんだか」

「そうだ。今度一緒にお墓参りに行ってみる？　今月はまだ行けてないから」

「お、いいね。おすすめのチョコでもお供えに行くか」

「そうだね、きっと喜ぶよ。彼女も会いたがっていたから」

「マジかよ〜。だったらもっと早くに言ってくれよな」

そう。彼女はもういない。彼女とはもう叶わない。

物理的な目視も、声を振動の音としても認識できなくなってしまった。

彼女は亡くなったんだ。

渇きを埋めるためにグラスを傾けるも、液体を流すことは叶わず、噛み砕いた氷とは違う、なにか崩れた音だけは認識することができた。

「ただいま」と「おかえり」の先に

二日酔いの朝は自責の念に駆られることが多い。

足りない身体を起こした部屋は明かりがついたままだった。

脱ぎっぱなしの服を集める先に君の欠片が落ちている。

「意外とあざといことするんだな」

わざと置いていったのだろうか。今となってはその真相も分からない。

どこか広く感じる部屋の、そこに落ちている君の断片をあといくつ集めれば片道切符になるのだろうか。

思い出そうとする君とは対照的に、上手く笑えていないことを鏡が押し付けてくる。

取り繕うこともできない表情は簡単に流せても、君との感情は簡単にはいかないみたいだった。

「あぁ、そっか」

甘えていたんだ。気付いていると思っていた。今まで当たり前に過ごしていた時間を。

それがどれだけ価値のあることかも知らずに、ただ続くと思っていた。いや、思いたかったんだ。

起きて横にいる君の顔を見る時間も。

髪を乾かす時に空いた場所へ潜り込んでくる時間も。

中身のない会話の時間も。
笑い声で埋めてくれる時間も。
ただいまとおかえりが行き交う時間も。
それらの時間が作る日常を。
「ふぅー、今年は花粉が酷いな」
流せていない奥の重さはなかなか散らない。
今という現実と向き合えていない自分は、まだ明日に背を向けていた。
それでも日常は変わらない顔をして過ぎていく。
かくいう自分も何食わぬ顔で時間を進めるしかない。
ふと見た空の朝焼けをうるさく感じる。
止まった足の動かし方が分からない。
今までどんな歩幅で、どれくらいのペースで歩みを進めていたのだろう。
それでも街には君との匂いが残っていて、それを辿るようには歩いて行けそうだ。

カーンカーン。

病院とはまた違う白を押し付けている教会が何かを伝えようと鐘を鳴らしている。

「いいから早く出て来いよ」

配達先で待たされることは多々あり、いちいち苛ついていては仕事にならない。

理解はしているが、余裕のない自分は行動に移せていない。

ここで懺悔でもすれば何か変わるのだろうか。

死がふたりを分かつまでとはよく聞くが、別れたその後はあまり聞かない。

急に放り出されたようなこの気持ちの埋め方は、神父に聞けば教えてくれるのだろうか。

何かを誓う銀色が指を纏っていれば、少しは君と繋がれていたのか。

一文すら届けられない言い分は、ダンボールの汚れと共に手垢となってこびりついていた。

「お疲れ〜、今いいか?」

「お疲れ様です。大丈夫ですよ」

配達を終えたばかりの自分を捕まえた先輩は真剣な顔をしている。

「どうだ、最近は」

「最近ですか。どうも何もって感じですかね」

「そっか」

珍しく遠回りをしてくる違和感は居心地が悪い。

「なんかあったんですか」

「いや、大したことじゃないんだけどな。さっきお客さんから入電があったみたいなんだよ」

「クレームですか。すみませんでした」

どこで、どの人だろうか。今気にしなければいけないことは、そこではないのだが。

「まぁそれ自体は全然問題じゃないんだよ。上からも伝えといてで済んでることだし」

「はい」

「俺が心配してるのは、おまえ自身が大丈夫かってことなんだよ」

「ふふっ、そうですよね」

今までを知ってくれている先輩はいつも寄り添ってくれる。

きっと上からの対応も説得してくれたのだろう。

そこまで分かっているのに、自分はまだ自身を分かっていない。

「俺はさ、まだ近しい人を亡くしてないからお前の本当の苦しみとか気持ちは分かんないけどさ、それでも近くにいた者からすれば心配なんだよ」

「はい」

だめだ。

「そりゃ人はいつか死ぬよ。でもお前はまだ生きてるぞ。そんで明日も生きなきゃいけないんだぞ。色んなことがあった一日でも、何もしなかった一日でも、どうせ明日も生きなきゃいけないんだぞ」

やめてくれ。

「だから楽をしろとは言わない。けどもう少し気楽に生きてくれ。正直に生きている自分を素直に認めてあげて、たまには休んだりご褒美をあげたりしてくれ」

これ以上は我慢できなくなる。

失う怖さを知った後の優しさには静観するように取り繕ってきた。そうすることで自身を保ってきた。

それでも保てないゲートはあって、帰り道を知らない水の流れにより水垢ができそうだった。

「じゃ早速ご褒美だ！」

と早上がりさせてくれたものの、時間の使い方を持て余している。
ふと足を止めた部屋の中では、静寂に押しつぶされそうになる。
「何かのために、君のその何かになれていたのかな」
どこかで考えないようにしてきた。
必要なのは正しさよりも今を進んでいける強さだからか。
「まぁ別にね、生きてはいけますよ」
音のない時間に寂しさを覚えるけど生きてはいける。
チョコを見るたびに記憶が覗くけど生きてはいける。
白いカレンダーに圧迫されるけど生きてはいける。
髪の短い女性を目で追ってしまうけど生きてはいける。
一緒に逝けないから生きていくしかない。
後ろばかりを振り返る心情も、思い出にするにはまだ時間が足りない。
いつか数えることをやめられるのだろうか。
霧がかった室内で渡り歩く記憶の中は晴れの日が多かった。

先祖の先祖は忍者か暗殺者だったのだろう。

「突然すまないね。この後少し、時間を貰えるかい？」

不意を突いて現れた男性は、今日もスーツを身にまとっていた。

いくつかの疑問を抱えながらも断る理由のないターゲットは、急いで身支度を済ませる。

「すみません、お待たせしました」

駅前のカフェで待ち合わせた男性の前にはすでにグラスが二つある。

「いやいや、こちらこそ急にすまない。娘から職場は聞いていてね」

「そうだったんですね。あ、失礼します」

以前のような感情は瞳に映っては見えない。所在の出所も把握でき、椅子に自分を下ろせた。

「久しぶりだね。最近はどうだい？」

「はい。それなりにやってます」

質問の意図が分からない。そういえばいつから言葉に裏側を持たせていただろう。

「それなり、か」

求められていたものはなんなのだろう。

「君は私のことを苦手に思っているのかな？」

「いや」

はいと言えるわけがない。

「すまない、少し意地悪だったな。私は今日君の、君と娘の気持ちを会わせに来たんだ。どうだい。君はちゃんと寂しくなれているかい？」

「え？」

これも何かの話術なのだろうか。止まった思考が表に出てくる。

「『感情を出すことが苦手な、感情を露わにすることをカッコ悪いと思っている君はきっと自分でため込んでしまうよね。私とさようならしたらきっとどこか閉ざしてしまうんじゃないかなって。私もね、自分のことを考えて、思って、その自分と同じくらい、いやそれ以上に思える君がいて、大事にしたい、大切になりたい。君との今までがどれだけの力になったか。ふふっ、そんな私も少し傲慢だったね』と、娘は最後まで君に寄り添っていたんだ。本当に立派な娘だよ」

溢れそうな笑顔が。

「そんな娘が最後まで一緒にいたいと、一生そばににいたいと願ったのが君なんだ」

傾けた頚の角度が。

「だから乗り越えろとは言わない。それは私も無理だ。ただ、受け入れてほしい。そして娘が想っていた君でいてほしい」

記憶の中から支えてくれている。

「自分はそんな立派な人間ではないです。今も正直どうすればいいのか、何を想えばいいのか、正解が分からないままです」

「これはあくまで私の考えなのだが、答えのない問いや壁にぶつかった時、共に答えを出そうと考え合うのが恋人で、その答えで背中を押してあげるのが親だと思う。そこには正しさなどなくどんな結果があろうとも、その時間自体が正解なんだと私は思う。そういう意味では二人は、もう充分に正解を出せているんじゃないかな。もう自分自身を許してあげてもいいんじゃないかな」

「許す、ですか」

「今までの自分を、そのままの感情を認めてあげるんだ。無理に変わろうとせず、立ち止まってもいいから、そっと背中を押しながら進んでいけばいいんだ」

許しを請うことも、何かを責めることも、そこに正しさはなかった。

求めている答えが正しさである間は何も解決しない。

それでも思い出す君との日常は笑顔で溢れていて、そこには間違いなく正しさがあったんだ。

「ありがとうございます」

スーッと身体が軽く感じた。

「お、初めて笑顔を見たよ」

お互い様ですよと心の中で呟く。

「よし、それじゃ私の夢に付き合ってもらおうかな。お酒は飲めるのかい？」

「はい！」

持ち上げた二つのグラスには役目を果たした氷が残っている。

春風に揺られた木々が軽やかに手を振っていた。


ご馳走してくれた親父さんは上機嫌でタクシーへと乗り込んだ。

酔いを醒ますために少し歩きますと、帰りは別々の道に分かれた。

「そういえばまだ見てなかったな」

せっかくの散歩だからと、君がいつもいたあの場所を目的地に選んだ。

通い慣れたそこは久しぶりだけど何も変わってないように見える。

彩りに溢れたこの場所からはまだ君の声がする。

ただいまと言う君と、おかえりと言える日常が。誰かを想い合えることがこんなにも満たしてくれるなんて。

「あら、郵便屋さん？　こんな時間に珍しいわね」

「こんばんは。ちょっと桜を見たくて」

「そうなの。そうだ何か……いえ、もう大丈夫そうね。それじゃあまたね」

「あ、はい。失礼します」

桜の木がそっと背中を押してくれる。夜はまだ肌寒い。

体温を感じられない寂しさを言い訳に、きっとまた訪れるのだろう。

それでもゆっくり歩きながら、振り返りながら、認められる勇ましさを持って行けそうだ。


グリィーン！　グリィーン！

耳元で鳴る目覚ましが今日も役目を果たしている。

「ヤバい、遅刻する」

急いで準備する時に服装を気にする余裕はない。

相変わらず脱いだまま床に放り出しているコートは、最近ハンガーと会えていない。

勢いよく羽織ったコートから、桜の花びらが降ってきた。

「ふふっ」

そっと拾った花びらに届けたい言の葉を包ませよう。

きっと届けたい言の葉が多すぎて、抱えきれないほどの花束になってしまうけど。

それでも照れずに渡せるかな?

いつもの笑顔が迎えてくれれば、迷うことなく届けられるはずだ。

「あ、急がなきゃ」

君はいつも言ってくれたよね。

やっと上手く答えられそうだ。

きっと今も前の方から目を合わせてくれてるよね。

扉を開けて、心で話した。

「行ってきます」

著者プロフィール
兒玉 優（こだま ゆう）
1994年生まれ
九州出身
医療関係、運送業等に従事
神奈川県在住

言の葉の届け方

2024年1月15日　初版第1刷発行

著　者　兒玉 優
発行者　瓜谷 綱延
発行所　株式会社文芸社
〒160-0022 東京都新宿区新宿1－10－1
電話 03-5369-3060（代表）
03-5369-2299（販売）

印刷所　神谷印刷株式会社

ISBN978-4-286-24784-7